AF466169

APHORISMES OV SENTENCES DOREES, EXTRAICTES DES LETTRES tant Eſpagnoles que Latines d'Anthoine Peres.

ESQVELLES ON PEVT remarquer vne tres-belle inſtruction pour les Roys, Princes & ſubiects, pour les ſuperieurs & inferieurs: choſe tres-vtile & neceſſaire pour la conſeruation & augmentation des Royaumes, Republiques & de toutes Communautez.

FAICTES FRANCOISES,
Par IACQVES GAVLTIER.

Dediéz à Meſſire RENE' BENOIST Doyen de la faculté de Theologie à Paris, Confeſſeur du Roy, ſon Conſeiller d'Eſtat & nommé par ſa Majeſté à l'Eueſché de Troyes.

A PARIS,
Chez PIERRE CHEVALLIER, au mont S. Hilaire, à la Cour d'Albret.

M. DCII.

A MON REVERENDISSIME SEIGNEVR MESSIRE RENÉ Benoist, Doyen de la faculté de Theologie à Paris, Confesseur du Roy son Conseiller d'Estat, & nommé par sa Majesté à l'Euesché de Troyes.

MONSEIGNEVR,

On repute vn tres-grand tourment, quand il est sans fin, & tousiours se renouuelant : comme la pierre de Sisyphe, la roue d'Ixion, le cœur de Titye & les muids des Danaïdes, qu'on feint estre aux enfers. Cela me fait croire qu'il n'y a point plus grand peine que d'estre infiniment & tant endebté, qu'on ne puisse vuider sa debte quelque peine qu'on y prenne d'y satisfaire pour ce qu'vn tel homme, à chaque coup qu'on heurte à sa porte, estime que ce soit quelque facheux sergent qui vienne pour le tourmenter, ou l'appeller deuant quelque rigoureux iuge: tourment qui ne se laisse iamais & qui continuellement renouuelle. Et entre tous ces debteurs ie trouue encor celuy plus affligé qui se recognoissant deuoir, est encor bruslé d'vn ardant desir de satisfaire, & est honteux de se monstrer deuãt son creancier non pas pour crainte qu'il aye, mais pour l'amour qu'il portre a celuy auquel il doit. Car c'est vne chose toute certaine qu'il n'y a sergent plus fascheux, ny iuge plus rigoureux, ny bourreau plus cruel, que la bonne volonté & la conscience, à celuy qui ne peut rendre esgal seruice pour plaisir, semblable recognoissance pour l'obligation. Vous iugerez incontinent que ie parle pour moy. Et veritablement ie le confesse: toutesfois ie me proposé de suyure l'opiniõ de ceux qui disent, que si on ne peut du tout satisfaire il faut du moins aggreer, payant ce que l'on pourra petit à petit & dire auec le debteur Euangelicque, ayez (s'il vous plaist patience) & auec le temps ie m'efforceray de vous payer tout. C'est pourquoy ces petits Aphorismes d'Anthoines Peres espagnol m'estans tõbez aux mains & les iugeans profitables, si, ils estoyent communiquez à nos françoys, ie les ay voulu mettre en nostre langue vulgaire & vous les presenter, à celle fin que leur donnant estre sous vostre faueur, ie sois veu en quelque chose recognoistre infinis plaisirs qu'il à pleu à vostre bõté me faire. Ce que i'ay faict aussi pource que ie ne pouuois pas mieux offrir ces escrits d'vn grãd cõseiller d'Estat Espagnol sinon à vn grãd cõseiller d'estat Frãçoys: Conseiller (dy-ie) non seulemẽt de l'estat temporel de sa majesté, mais qui plus l'est encor de l'Estat spirituel m'asseurãt que cõme vous surpassez Xenophõ & Plutarque en toutes vertus: que vous nous serez occasion d'auoir vn Roy qui sera (auec l'ayde Dieu) plus excellent ny que Cire, ny que Traian: Dieu, vous en face la grace.

Vostre tres-humble seruiteur
Iacques Gaultier.

APHORISMES OV SENTENCES DOREES, EXTRAICTES des Lettres tant Espagnoles que Latines d'Anthoine Peres.

LA racine de la foy & de l'amour c'est le cœur.

La langue & les paroles sont ses branches & feuilles, qui tesmoignent si le cœur est sec ou verd.

Il y en a qui sont tant pæureux qu'ils craignent encore l'esclair apres le coup & cheute du tonnerre.

Miserable est siecle, auquel c'est vne chose perilleuse de pratiquer la perfection & la constance de l'amitié.

Les conceptions de l'ame se peuuent comparer à la gentilesse & galante façon du propre naturel d'vn chacun : comme aussi la parolle, aux habits & façon du vestement de nostre corps.

Les trauaux accablent l'esprit, ainsi que la vieillesse nous fait courber nostre corps.

Comme le corps se comporte selon qu'est l'ame de mesme la parole selon les conceptions.

Les entendemens sont differens selon le climat &

la varieté du temperament des corps.

Le verre & le corps humain ont les mesmes qualitez.

Le port & façon de marcher descouure le naturel de l'homme.

Bon est l'accord & paix que les conseillers du Prince ont entr'eux, si c'est pour perfectionner le naturel d'iceluy.

La tromperie est quelquesfois fidele & necessaire pour le bien public & du Prince.

Le conseil est vne medecine tres profitable s'il est donné auec dexterité & prudence : tres-dangereuse s'il est donné auec violence.

Le Prince doit chercher & demander conseil, à celle fin que les conseillers estans encouragez parlent auec plus de liberté & d'affection.

Signe mortel à vn Prince quand il fait tout sans demander conseil.

Les Roys n'entendent point quand ils ne veulent, & ne voyent point ce qu'il ne veulent veoir, encore que la chose frappast la prunelle de leurs yeux.

Le conseil que donnoit l'Empereur Charles le Quint à Dom Philippes second son fils, estoit, qu'il ne feist tenir iamais son conseil d'estat en sa presence, mais bien son conseil de guerre quand il seroit en la campagne. Pour ce que la presence du Prince retient & empesche les esprits de descouurir leurs opinions : ce qui est rres dangereux au Prince és affaires d'estat. Et és affaires de guerre sa presence y est profitable: pour ce que sa presence & le respect qu'ō luy doit encourage dauantage les cœurs.

Le Prince doit auoir tousiours vn secret amy quasi comme espie courant de tous costez & s'enquerãt de tout:toutesfois (i'adiouste) que cet amy ne doit estre cogneu de tous pour amy du Roy, ny encore moins à quelle intention il luy est amy: pource que autrement il perdroit le proffit qu'il en pourroit tirer, car chacun se deffiant de luy ne diroit rien & pource & l'amy & le Roy viuroyent comme sourds.

Le Prince se trouuant present au conseil se met en danger de descouurir son intention (chose tres dangereuse) & d'entrer en dispute auec ses subiects, qui seroit vser de familiarité, ce qu'il ne doit permettre, d'autant que la grandeur de sa Majesté ne doit souffrir aucune familiarité.

Le Prince se doit trouuer present en ces conseils ausquels il cherche plustost approbation que conseil. Pour ce que comme le respect de sa presence luy apporteroit dommage en l'vn: il ayderoit neantmoins en l'autre à son intention.

Auoir l'aureille du Roy, est, comme vn fauorit tres puissant & qui commande à tous les autres fauoris. Et à ceste occasion les autres fauoris craignent autant celuy qui a cet heur, comme ils feroyent le Roy mesme.

Les Princes ont de coustume de perdre de grandes occasions à raison de la trop grande seureté par eux recherchee & pour trop se deffier.

Le deffi & soupçon est comme le venim des medecines lequel estant donné auec prudence & mesure purge & estant baillé par trop, il tue.

Le soupçon esmeut les espris comme le venim l'estomach.

Mettre des inconueniens ou dangers qui peuuent furuenir & le remede tout contre, c'eſt vne choſe propre des grans eſprits : mais les propoſer ſans remede: c'eſt le propre d'vn eſprit irreſolu.

Aux viellards eſt ſigne d'imprudence & aux ieunes d'eſtre couars.

Les Princes ont de couſtume loüant quelque partie d'vne reſponce, s'eſchaper finement de l'autre, ainſi que celuy qui met ſon manteau au deuant pour ſe couurir des coups de l'eſpee de ſon ennemy.

Le delayement des Princes en leurs reſolutions fachent plus à ceux qui les attendent, que ne font, à vn qui eſt tres amoureux, les deſirees faueurs de ſa maiſtreſſe.

Les Princes ont de couſtume de ſe retirer en lieux eſcartez & ſolitaires pour là diſcourir en eux meſmes de grans affaires & ce pour laiſſer paſſer à eux ſeuls les premiers & plus grans mouuemens de leurs affections.

La parole des Roys eſt douce vers leurs ſubiects, quand ils ont beſoing de leur ayde, en l'execution de quelque grande entrepriſe.

La conſience eſt comme les fers des eſclaues. I'entens qu'elle a ſemblables effects ſur les cœurs: lieu où on peut remarquer les nobles & genereux courages.

Grande merueille ſi l'ennuy & la paſſion laiſſent noſtre entendement iouyr de ſa liberté.

C'eſt vne tres grande prudẽce & aſſeurance (quelque maiſtriſe qu'on penſe auoir ſur ſes paſſions) d'eſlire vn tiers pour iuger & determiner de quelque ſien different.

Les

Les Roys en leurs affaires d'extreme importance font comme les vieux medecins, qui en leurs maladies n'vsent du conseil des moindres en experience qu'eux.

Auoir communication des resolutiõs des Roys, és choses qui touchent leurs personnes, est chose plus accompagnee de danger que d'asseurance.

Quand vn Roy ancien & vieil commence à descouurir à quelqu'vn son secret, ou c'est pource qu'il l'ayme beaucoup (chose fort rare) ou bien c'est par necessité, chose certaine & la plus certaine.

On doit entendre plusieurs choses du secret des Roys sans les importuner ou vouloir contraindre de s'interpreter ou d'en dire plus qu'ils ne veulent : & cela leur est le plus agreable.

Chose rare de trouuer qui n'aye quelque scintille de desir de veoir le pouuoir de son Prince estre modeste & temperé.

L'amour de personne à personne est tres ferme, s'il s'en trouue entre les hõmes: pource que cet amour naist de la conformité des humeurs naturelles.

L'amour porté à raison du degré ou de la similitude ou relation d'vn estat à vn autre, n'est pas seur, à cause que cet amour est fondé sur le proffit & propre interest. Et cela se preuue par experience.

Peut estre qu'à ceste occasion c'est vne coustume des Roys de temps en temps de faire electiõ de personnes nouuelles. Peut estre qu'à ceste occasion est de besoing aux subiects de sçauoir se retirer à temps. Pource que les Roys se lassent des hommes tout ainsi que des viandes. *Cecy n'est pris du liure & n'est Aphorisme mais est adiousté par la plume.*

Les Princes qui sont de grand entreprise cherchẽt les pilotes & mariniers des mers estranges.

Les Princes ont les proprietez des amoureux, soit en la crainte, soit en la ialousie, soit en autres semblables accidens.

Charles le Quint conseilloit à Philippes second son fils, Qu'il ne laissast les grandes & souueraines charges des Gouuernemens ou des armees vn long temps à quelque personne.

Ny mesme qu'il ne les baillast à personnes de grande & noble race, sinon à celuy qui pour les obtenir luy auroit fait de grans & signalez seruices.

Peut estre desiroit il moderer les voyles de celuy qui montoit en la plaine mer: *Mais mon intention est de tirer des Aphorismes & non pas de les interpreter.*

Ceux qui enuieillissent és charges acquestent souuent plus d'auctorité qu'il n'est de besoing pour les Roys.

C'est vne chose digne de gloire aux Rois d'esleuer & faire quelques hommes de leur main : chose profitable aux Princes pour le secours de leurs vieillesse & de leurs ieunes enfans qui doiuent succeder au Royaume. Ces deux temps estant ceux esquels les malcontens prennent ordinairement la hardiesse de conspirer.

Le conseil de Charles cinquiesme au mesme estoit qu'il occupast les grans aux plus grãdes charges pres sa personne. Pource qu'outre que ce luy seroit vne plus grande splendeur & auctorité, il les auroit en lieu plus seur, & toutesfois qu'il ne se fiast à eux auec defiance d'autant que c'est la chose qui offence plus la noblesse, ainsi que la confience qu'on a en eux apporte aux Princes plus de seureté.

Couuerture ordinaire des conseillers pour paruenir à leurs intentions est dire, que ce qu'ils disent,& font, est pour le seruice de leur maistre.

Chose fort difficile d'accorder les esprits de deux grans conseillers, sinon quand leur profit particulier les y contraint. Qui est vn accord tres-dangereux pour les Rois.

Il est profitable aux Roys d'auoir vn Royaume voisin qui serue de refuge pour retirer ses subjects.

Mais plus profitable aux subjects. A ceste cause deuoit dire l'autre és bonnes Pasques & en la feste des Rois en dōnant le bon jour (selō l'vsance d'Espagne) non pas Dieu vous donne bonnes Pasques & bons Rois: mais plustost Dieu vous donne plusieurs Pasques (c'est à dire, viure plusieurs annees) & plusieurs Roys.

Cecy n'est pas encor vn Aphorisme.

Le soubris des Roys coupe mieux que le tranchāt des espees bien affillees.

C'est l'industrie des Rois de descouurir leur intention à quelque conseiller, pour puis apres l'incliner à sa volonté:& encore vne ruse qui est presque generale à tous.

Il est plus facile, selon le iugement humain, de s'obliger à vn plus grand, que d'accomplir où s'acquiter de ceste obligation.

Les exemples & experiences faictes auec dommage sont les plus grans maistres instructeurs des Princes.

Les conseillers des Roys qui ne sont conduicts

d'autres respects humains que de celuy du Roy, sont idolatres: si du seul Royaume, athees: si de soymesme seulement, Epycuriens: si du Roy & du Royaume, ils sont la cõseruatiõ & du Roy & du Royaume.

Vn estat de grand danger ou merite est celuy de ceux qui sont delaissez & reiettez de l'amitié de leur Prince, & ne sçay lequel des deux il pourroit estre plustost.

Les estrangers se doiuent accommoder gouuerner & temperer selon l'oreille de ceux auec lesquels ils traittent comme la corde de quelque instrument musical. A l'oreille (dy-ie) du goust & affection & non à l'oreille de la verité.

Pour resister aux assaux de la fortune peut beaucoup proffiter ce qui proffite és maladies de la peste, sçauoir est le courage & grandeur de cœur.

La philautie & affections personnelles se nourrissent & croissent tãt és grans qu'és petits: mais ils les perdent & renuersent en secret & deuant qu'ils s'en apperçoiuent.

L'oreille peut exercer la liberalité aussi bien que les autres sens.

Le remerciement fait de paroles seulement pour quelque bien receu, en celuy qui peut rendre par effect, n'est pas vraye recognoissance.

Ceux qui sont és dignitez plus grandes seruent d'yeux en la republicque: que s'ils entendent les afflictions du peuple ils sont en leur lieu, sinon, non: & mesmes il ne sont plus yeux.

Les seruices passez sont comme des vieilles debtes, lesquelles ne se peuuent recouurir qu'à grand peine.

Le vray honneur des Roys est de continuer les faueurs commencees.

Le pardon des Roys est beaucoup different du pardon de Dieu : pource que le premier pardonne, mais auec notte d'infamie : & le pardon de Dieu est autant honorable, comme il est plein de grace & de misericorde.

Vne pitié feinte des officiers en la seule parole & non és œuures, en ce qui est de leur estat & office, ne doit estre nommee entre les vertus, ie la nommerois plustost tromperie.

La raison est la dame naturelle: mais celle qui nage & est portee sur les eaux de l'inconstãce surpasse en mechanceté tous les embrouillemens & enlasseures de la malice.

Les Princes doiuent imiter la nature des elemẽs: car ce que l'vn suit & poursuit, l'autre l'auctorise & le deffend.

Il y a des monstres de fortune, aussi bien que de la nature.

Il y a vne vieille querelle entre la fortune & la nature.

Les Princes monstrent quels ils sont & font paroistre leur grandeur par leurs bienfaicts : & quels sont leurs subiects, & combiẽ petites sont leurs forces au respect d'iceux Princes, par les persecutions.

Le naturel de la grandeur & de la pitié est d'auoir pour agreable la misere de leurs subiects.

C'est chose plus propre des Roys de resister à la fortune & à ses violences, que de contreuenir à la nature & à ses loix.

Les esprits qui exercent naturellement les vertus

ne recherchent point aucune recompense pour leurs bonnes actions.

Merites ou faueurs sont les sources & occasions de l'enuie.

Comme la confience nous fait viure & nous soustient ainsi lors qu'on en experimente les effects elle satisfait.

Les Roys doiuent estre eux mesmes tesmoins & iuges de leurs promesses: pource qu'il n'y a iuge par deuant lequel on les puisse faire venir sinon (peut estre) deuant la honte.

Vn fuitif & poursuiuy par vn Prince souuerain est perdu sans la faueur d'vn autre Prince souuerin.

C'est vne grande hardiesse d'escrire aux Roys sans occasion & mesmes de la rechercher.

La fortune commande aux seuls esprits de peu de courage & non aux nobles & courageux.

Les amours de l'ame ont la mesme proprieté que l'autre amour, à celebrer & raconter les merites de ce qui est aymé.

Les bien-faicts des Princes qui sont donnez à subjets pitoyables, ja soit qu'ils ne l'ayent point merité, augmente toutesfois dauantage la gloire de leur liberalité.

Les cœurs de leur naturel se resiouissent d'estre recognus & recompensez: chose propre à ceux qui vsent de peu de paroles. Cela ne se pratique pas en ce pais: ainsi comme la multitude de paroles a auec soy bien peu de ceste vertu.

Le seul poinct pour ne se laisser tromper & pour mespriser les choses du monde est d'auoir la possession d'icelles.

Il n'y a lionne plus sauuage ny beste plus cruelle qu'vne belle femme : desquelles, comme si elles estoyent telles, il s'en faut fuir.

Comme la mer estāt paisible & en bonace n'est pas tant admirable à l'œuil ny ne mōstre pas la grandeur de son element, cōme celle qui est tempestueuse & escumeuse : Ainsi l'oreille admire plustost entendant les desastres humains que les faueurs.

Les murmures sont comme le sifler duquel le son entre iusques au dedans des oreilles mais non dans l'ame : & faict comme les chiens couards qui ne mordent que les habits sans atteindre à la viue chair.

La bonne & mauuaise fortune sont comme deux sculpteurs de la nature humaine.

La bonne prend entre ses mains la matiere plus basse ordinairement pour la polir & l'orner.

Et la mauuaise prend la plus excellente pour ciseler & tailler en icelles de grādes & admirables vertus.

La fortune doit estre plus crainte, plus on la tient en sa puissance.

Chacun sentiment a son parler particulier.

La langue est la chose la plus trompeuse puisque de l'air elle forme sa tromperie.

Le parler joint auec les œuures est la plus excellente maniere de parler.

L'amour soit fauorable ou non, donne tousiours melancolie.

Il y a des songes de personnes qui veillent : comme des songes de dormeurs.

Personne n'est plus endormy, que celuy qui oublie & personne n'oublie plus que celuy qui est amoureux.

Les escrits sont les tombeaux qui conseruent le non & memoire d'vn chacun.

La communication ordinaire est vne espie priuilegiee.

Les princes doiuent craindre plus les Historiographes que les laides femmes ne doiuent craindre les plus excellents peintres.

En la chasse de Venus le blessé court à celuy qui le tue. Tout au contraire en la chasse de Diane. Mais tout au cõtraire de l'vne & de l'autre en la chasse des Rois: pource qu'il y en y a peu qui blessez se veulent sauuer sinon ceux qui sont les plus sages.

Les pleintes sont des fleches enuenimees.

Si les Roys ne prennent garde à eux ils se ruent & abbaissent comme le milan sur des viandes ordes & viles quels sont les hommes de petite condition.

Les Roys doiuent imiter le tonnerre lequel pour ce qu'il sort d'vn lieu haut & noble il ne frappe ny n'offence les choses flacques & debiles plustost les choses dures & fortes. La prouidence diuine deuoit bailler ces exemples, pour ceux qui ne recognoissent pas Dieu, à celle fin qu'ils n'eussent faute d'exemple pour imiter à ce qu'ils n'affligeassent point les affligez. Et toutesfois hola: Pource que c'est sortir de mes Aphorismes reprenõs nostre chemin ma plume.

L'amour & l'obedience sont freres tres naturels.

La priuauté & faueur qui procede de quelque grace ou vertu, qui est en la personne fauorisee, ne dure pas & est comme la fleur de quelque arbre.

Celle de l'obligation est perilleuse: pource que personne ne souffre longuement vn fardeau d'vne grand debte.

La faueur qui procede de s'accomoder à l'inclinatiõ naturelle du Prince en choses qui sont cõtraires à la iustice & au deuoir, tombe en fin & à la longue auec vn chastimẽt exemplaire donné ou par le ciel ou par le Prince.

La faueur qui procede de grand entẽdement & valeur est tres perilleuse si on ne sçait temperer & moderer l'vsage de cet entendement, ne le faisant paroistre plus grand que celuy de son Prince.

Combien y en a il qui en plusieurs occasions nous enseignent seruans de viande aux Princes pour ce qu'ils leur donnent de mauuais & masquez conseils.

De petites pierrettes iettees & les coups d'vne petite baguette frappez comme sans y penser peuuẽt renuerser en terre vn fauorit.

C'est faire plaisir à vn fauorit de luy faire la guerre à descouuert ce pendant qu'il est en grace : Il est beaucoup meilleur de l'idolatrer d'autant que c'est vn moyen tres pertinent pour le jetter par terre : pource que ce excitera le Prince à ialouzie entant que l'adoration ne demande point de compagnon.

Le Royaume plein de mal-contens balance comme vne tour fondee sur du vif argent.

La faueur du peuple conserue les fauorits du Roy encores à l'heure de leur cheute:pour ce qu'elle est autant ferme & certaine, comme est l'heure de la mort.

La faueur qu'a vn fauorit est cõme vn cheual fier, leger & tres dangereux si on ne le tient ferme par les crins de la modestie.

Les bonnes paroles des officiers du Prince c'est vn air qui raffraischit vn peu ; mais à la fin la soif tue.

Que les Princes se gardent de leurs conseillers lesquels les acheminẽt à s'ẽfermer en quelque destroit.

La corõne des Roys est vn cercle qui est quasi cõme vn aduertissement de la borne & des limites du pouuoir humain.

C'est vn chemin pour ruyner les monarchies que l'abus de pouuoir absolu.

Les graces & bienfaicts des Princes sont en beaucoup moindre nombre que le nombre de ceux qui les pretendent: Ie dy selon le pouuoir humain.

A cette occasion est beaucoup plus grand le nombre de ceux qui sont mal contens.

C'est vn sage conseil à vn Prince d'auoir qui aye soing des mal contens.

Le pouuoir d'vn Roy n'est pas sufisant pour dõner la faueur des peuples encores qu'il puisse donner le respect & auctorité pource que la faueur & amour du peuple c'est vn don du ciel, comme on veoit que quelqu'vn ne laissera d'estre contẽné du peuple auec toutes les faueurs qu'il pourra auoir des Roys, & qu'vn autre ne laissera d'estre estimé auec toutes les defaueurs & disgraces du Roy: & quelquefois plus.

C'est vn bon conseil aux Princes de suiure la voix & faueur du peuple (c'est à dire fauoriser & aymer ceux que le peuple ayme.)

Pour ce que la voix du peuple n'est pas vn mauuais conseiller pour les resolutions des Princes.

Que les Princes cerchẽt autãt qu'il leur sera possible n'entreprendre point chose de laquelle on puisse faire preuue des limites de la puissance humaine.

Les mal-contens rejectent tousiours la faulte de tout leur infortune sur le fauorit.

Pour la plus grand part és choses mondaines, l'affaire est tousiours meilleure qui a plus des moyens humains que de merites.

Les fauorits se deuroyent considerer comme les lieux de deuotion lesquels acquierent plus de credit auec vne potence d'vn boiteux qui aura esté gueri, qu'auec les dons & concours & presse de ceux qui sont sains.

Les Roys ne se doiuent preualoir de leur dignité ou authorité en leurs passions, ny exercer en vertu d'icelle aucune passion personnelle d'enuy ou d'autre chose semblable.

C'est vne tres profitable & naturelle curiosité aux subiects cognoistre le naturel du Prince : cõme c'est le proffit du Prince d'estre soigneux de ne le point descouurir.

La personne des Roys se peut bien ennuyer:mais non pas la dignité : pource que ceste dignité est vne idee, vne chose simple & qui est tousiours d'vne mesme façon.

Ainsi vn element en sa perfection parfaicte ne se change point.

Errer és conseils qui sont donnez aux Princes souuerains est errer contre tout le Royaume.

Les Princes souuerains doiuent exercer tousiours quelque grande vertu de leur office ou dignité, en l'admiration de laquelle il tiẽne tousiours les esprits de leurs subiects entretenus.

La pitié & liberalité est la beauté des hommes.

La pitié faict le mesme que la blãcheur és femmes & la liberalité ce que la couleur rouge, pour ce que l'vn & l'autre couurent beaucoup de fautes.

Cela doit estre seulement jugé pitié quand on peut punir & on ne le faict: à cette occasion Dieu se nomme il puissant & misericordieux. Pource qu'estre pitoyable par necessité n'est pas vertu.

L'amour de ceux qui ayment veritablement croist & s'augmente plus en l'absence.

Les Alquemistes & faiseurs de distilations de l'entendement & discours sont en tres grãd estime pres les Roys.

Les amoureux le plus souuent ne se resouuiennent de ce qu'ils ont faict.

L'amour est la quinte-essence des vieillars.

Les occasions ont accoustumé, d'excuser vne partie des fautes.

La memoire fisc & le juge de celuy qui promet s'il n'accomplit sa promesse.

Les grans Roys ne se doiuẽt point estimer estre de quelque nation: pource que celles qui ne luy sont point subjettes le desirent quelquesfois pour Roy propre. *Ceste raison derniere n'est pas tiree du liure mais la plume luy adiouste.*

Les faueurs que les Rois font aux estrangers retourne tousiours aux Roys à grand gloire: ainsi qu'à l'arbre la louange de ceux qui prennent & goustent de son fruict.

Les Roys ne doiuẽt chercher autre conseil en ce qui touche à leurs personnes & paroles, sinon ce qui touche à leur honneur.

Parolle de Roy: est vn prouerbe Espagnol qui est pris pour vn grand serment. La parole de Dieu s'appelle verité: autant certaine doit estre la parole du Roy.

Les fauorits sont de grans sorciers.

La science de la cour est comme la Chirugie, laquelle ne peut estre enseignee par la theoricque ou speculatiue sinon par les playes d'autruy ou (aux miserables) par les propres playes. *Ie desirerois bien auoir les autres pour me seruir d'instruction & d'experience en cette science & non pas me l'estre à moymesme.*

Les graces & louanges humaines embellissent les œuures des grandes vertus comme la fleur faict l'arbre.

Les menees & entreprises des Roys, n'y a que les seuls Roys qui les entendent.

Les escrits des hommes sont les enfans de leur esprit.

Les amours des amis est de frequēter ensemble.

Ceux qui vallent peu pour eux ou pour leur fortune ne se laissent facilement veoir.

Vn chacun se represente deuant les Roys auec les meilleurs couleurs qu'il peut.

Les complaintes des infortunez sont paroles perdues aux oreilles des Roys encore quelque fois dāgereuses si les Roys ne sont hommes ou Dieux.

Il n'y a esceuil ou roche plus dangereuse pour renuerser vn Roy ce que dessus dessous, que la passion.

Le Roy qui aura plus de pitié, s'aprochera plus pres de Dieu, comme au contraire est le contraire.

La mauuaise fortune est comme les plantes, desquelles les vnes ne dōnent aucū fruict par leur faute les autres pour faute de terre: les autres, pour la faute des iardiniers, ou de l'air qui gaste l'vn & l'autre.

Quand l'Auteur nõme en ses epistres l'element majeur, il veut signifier ceux qui sont les plus grans.

Qui perd la volonté il pert aussi facilement le iugement.

Les affections & passions humaines sont comme la pestilẽce de l'air corrompu, qui frape aussi bien les Roys que les bergers.

Les grandes confiances sont accompagnees de grandes cheutes.

Chercher de sçauoir les miseres d'autruy est chose pleine de soupçon.

Le differer est procheparent de l'oubliance.

L'amour est de la nature de la bonne odeur.

Les grandes charges honorent les vns & recompensent les autres & descouurent leur valeur.

La recompence de la liberalité est d'obliger plusieurs auec vne seule faueur.

L'amour est Roy par dessus tous les Roys.

Les lettres familieres declarent plus le naturel d'vne personne que ne faict le visage à vn physiognome.

Les cercles des dents sont donnez pour crainte de la legereté de la langue.

Le vin est le laict des veilles gens.

Le desir de vengence est le propre d'vn cœur bas & vil.

Les dens de l'amour mordent aussi bien que celles de la vengence.

L'amour est quelque fois autant peureux comme autre fois il est hardy.

La langue est souuent le plus faulx tesmoing du cœur,

La grace des Roys (pour ce qu'ils s'assubiettissent aux opinions d'autruy) est bien peu seure. Celle du peuple est seure comme vn don du ciel : & si cette grace vient pour ce que celuy qui l'a l'aye meritee elle est encore tres seure, pource que le peuple pour la plus grand part ayme auec cause & iuste raison.

Les Princes imitẽt & semblent exercer l'œuure de la creation en esleuãt les hommes de la poudre (qui est vn œuure la plus grande de toutes) en releuant celuy qui est tombé, & resuscitãt celuy qui est mort & transpercé de l'espee de l'ennuy & de fascherie.

La plume est le sixiesme sens qui sert pour les absens qui ne peuuent vser des autres cinq.

Iamais nul n'a donné beaucoup sinon à contre eschange & comme auec intention de permuter donnant tant pour tant : mais donner peu est vn vray signe d'amour.

La crainte qu'õ a vers les grãs doit estre nommee respect : l'vn & l'autre tient le premier lieu des esprits qui sont les plus parfaicts.

L'ouy & le non sont paroles tres briefues ordonnees à celle fin que les hommes fussent incontinent esclaircis & exempts de toute tromperie, mesme encor par ceux qui sont chiches de paroles.

Au commencer des actions n'y a ny gloire, ne recõpense, plustost doit elle estre dõnee à la continuation & à la fin.

Les offres sont la monnoye qui court en ce siecle, feuilles pour fruicts sont ja portees par les arbres, & les paroles pour les œuures par les hommes.

Contre les armes de la finesse & tromperie il ny a chose tant propre que de combatre sans armes : telle est la force de la verité, qui surmonte lors qu'elle est plus nuë.

Les dons qui seruent de signe de recognoissance & comme gages de debte doiuent estre receuz, ceux qui viennent auec autre fin & intention doiuent estre refusez comme tentation. La plume l'a adiousté.

Le cœur n'est pas pipiniere de paroles mais d'effets.

La ruine de plusieurs bons desirs vient qu'on n'en met pas Dieu pour son but & qu'on ne s'efforce de les mettre en execution. Cecy est de la plume.

La verité est ce qui prouuoit mieux le cœur & la plume, de bonnes raisons.

La confience en Dieu est le vray cœur de l'ame.

Le propre de l'innocence est de s'ayder de tout ce qu'elle peut.

Les pésees sont offertes à celuy que lon ayme, cōme vn don qui luy est plus particulierement reserué.

Le cœur est la plume de l'ame, comme la plume est l'instrument de la main.

L'ancienne amitié est cōme le vin vieil, lequel plus il a d'annees plus il est fort.

L'amour nouuel est comme le moust ou vin doux qui enyure & faict plus de dommage quand plus on se fie à luy.

Les Roys doiuent auoir des amis particuliers s'ils desirent viure asseurez en leurs estats.

La sacree escriture est vne fontaine coulante de salutaires conseils pour le genre humain.

Les Roys doiuent imiter Dieu qui ne monstre pas sa grandeur auec vn bruit espouuantable. Dieu n'est point en la grande cōmotiō. Dieu n'est point au feu: plustost est il vn soufle doux cōme d'vn Zephire.

Quiconque

Quiconque donne grace pour grace ne paye pas, si la derniere n'est plus grande que la premiere: si ce n'est qu'il n'a pas le pouuoir.

Les œuures au respect des paroles œuurent comme les elemens au regard les vns des autres: pource que d'vne mesure de terre il s'en augment dix d'eau ainsi vne œuure vaut des milliers de grace.

La plume couppe plus qu'vne espee bien affilee.

Les coups de la fortune font plus de mal aux fauorits, à cause de la marque qui puis apres apparoist & demeure, que pour la douleur qu'ils endurent.

La fortune n'est pas autre chose qu'vne sotte opinion, vne vanité, vne fumee.

En ce siecle le soupçon vers quelque Rois vaut autant comme si en verité on auoit offencé: ainsi la seule imaginatiõ est en eux, comme si la chose estoit certaine.

La memoire de ce que l'on ayme est comme vn tableau tiré plus au vif que ne sont les peintures & couleurs: & principalement de tantplus que le pinceau de l'amour est plus delicat, & encore, comme les traicts de l'imagination sont plus subtils.

La respiration des absens sont les lettres des amis.

Vn repos extreme de la vie humaine est de se cõtenter, vn chacun de ce qu'il plaist à Dieu de luy donner.

Les instrumens de musicque sont la figure des vertus esquelles l'ame s'exerce.

La harpe qui a vne varieté de cordes, c'est la cognoissance de la diuersité des imperfections humaines.

Et cette cognoissance est comme vn commencement & comme les cordes, pour monter à plus excellens instrumens & degrez.

Les orgues c'est vne compagnee d'affligez touchez d'vne main puissante & de leurs afflictions.

Les deux soufflets, l'vn qui abbaisse est celuy de douleur & l'autre qui monte est celuy de la confience qu'on a en Dieu.

La trompette ou clairon sonné auec force & pleine voix, sont les louanges que l'ame donne à celuy qui l'a creée.

La mesme sonnee à voix basses & feinte sont les pleurs lesquels ne s'osent descouurir de peur d'auoir pis.

Il y a beaucoup de tels instrumens qui sonnent ainsi en nostre siecle.

Le respect est vne peste de l'ame, comme aussi la flatterie : Peste (dy-ie) plus contagieuse que n'est pas celle du corps.

Discourir d'vne affaire de grande importãce, c'est comme vn fredon d'vn musicien chanté auec vne voix plus haute sur vn motet : Pource que les passages de l'entendement sont plus hauts que ceux de la gorge : comme la substance de l'esprit est plus excellente que celle du corps.

La curiosité a coustume de desirer plus cognoistre vn homme poursuyui d'vn Roy, que non vn qui est fauorit : pour ce que la persecution est cause que l'on faict plus d'estime d'vn homme que non pas la faueur.

Le feu qui brusle vne maison se laisse plustost veoir de ceux qui sont dehors, que de ceux qui sont dedans. De mesme, est il des dommages d'vn Royaume.

Par l'exemple de la peur que le Lion a de la voix du coq & par la peur qu'a l'Elephant du cri d'vne souri, les Roys doiuent cognoistre, que petits instrumens peuuent estre cause de les troubler.

Les Rois doiuent vser de moyens nobles pour remedier à tels inconueniens, non pas des remedes de la crainte, qui est propre aux bestes irraisonnables.

Les Roys doiuent auoir des Conseillers qui soyẽt de grand courage, pource que tels honorent les Roys qui ne sont point de grand courage: comme les Conseillers de peu de cœur desauthorisent & deshonorent les Roys qui sont tres-magnanimes.

Le Conseiller de grand courage doit conseiller auec grande consideration & mur aduis les choses grandes à son Prince, s'il n'est pas de grand courage: Pource que pour le point d'hõneur, de ne ceder à sõ inferieur qui l'anime à choses grandes, il les entreprend. Et pour son naturel, il les laisse tomber en chemin: dont le Conseiller en reçoit le blasme & la coulpe, & fort souuent la peine.

Les conseils & aduertissemens, qui sont donnez en general, sont des selles faittes de nerfs ou de cordes qui s'accommodent à tous cheuaux de poste. Semblablement sont ils comme la pierre nommee Bezoar & autres Antidotes, lesquels (s'il y a quelque venin) ils reparent & remedient, & s'il n'y en a point ils reconfortent le cœur.

La satisfaction est le cœur de l'ame en nos propres actions.

La crainte est vn venin froid qui est comparé à la cicue.

La faueur se compare à la beauté qui ennyure & rend l'homme adonné à toute vanité.

L'enuie qui suit celle faueur, à la poudre de Diamant preparee, qui ronge sans qu'on en sente rien.

C'est vne plus grand marque de valeur & d'estime (du Prince dy ie à son Vassal) la crainte & la jalousie que le Prince a de son subiect, que n'est l'adoration du moindre au plus grand: Pour ce que l'adoration peut estre feinte & simulee & la crainte ne se feint iamais.

La passion n'a point d'yeux, peut estre que de-là il aduient à l'amour qu'il n'en a point.

Sans confience on ne peut viure.

Les pleurs & les larmes des affligez sont des memoires & prieres enuoyees à Dieu.

Toute la vie humaine n'est qu'vne briefue enfance, ou les neuf jours des petits chiens, ou les neuf moys du ventre de la mere.

Si c'est naistre que de commencer à viure, nous naissons lors quand nous mourons, si nous mourōs bien, i'y adiouste cela.

L'amy a beaucoup du Prophete en ses conseils, lesquels il donne à l'amy.

Les malheurs des vns apporte honneur aux autres: comme ceux qui sont blessez apportent & honneur & profit aux Chirurgiens.

C'est vne infirmité naturelle & humaine de chercher des excuses en toutes fautes.

La confience est signe d'vn bon naturel, quelques fois signe de personne recognoissante & bien souuent d'ignorantes & mal aduisees.

Le siecle est ia faict toute vsure, voire encores simonie.

La passion & la malice des officiers est ennemie de la Loy de nature, destruction des Roys, vermoulure & ruyne des Royaumes.

Les œuures de pitié faictes en public ont beaucoup de vanité & ambition humaine, comme les bastimens materiels.

Chose indigne d'vn pouuoir supreme & d'vn bras puissant, que la lance, qui se leue contre tous, s'addresse & frappe ceux qui sont les plus rendus.

Le dernier diminue plus la gloire de la pitié, que le premier ne l'augmente.

La vengence est ja le dernier plaisir du genre humain.

Les fauorits qui possedent le cœur du Roy, le doiuent rendre exempt de malice & de toute passion: pource que le cœur du Roy est reputé de Dieu, comme vne chose de grand prix. Le cœur du Roy (dict le sage) est en la main de Dieu.

S'ils ne le font, mais plustost s'ils le possedent comme leur estant propre, ils sont tenus à restitution, comme ayant abusé & s'estant approprié, ce qui estoit à autruy,

Les Roys ne doiuent rien faire sans conseil, & principalement en ce que touche la Iustice: pour ce que Dieu estant trois personnes, & vne chacune d'icelle la tres-grande sagesse & prudence, il faict neantmoins ses actions de cette mesme façon consultant & disant, faisons l'homme, &c.

Il n'y a pas aucun Roy qui soit Seigneur absolut

de son auctorité : plustost a il pour borne & reigle la nature & les Loix Diuines & humaines. Et s'il sort hors d'icelles bornes, malheur au Roy, malheur au Royaume.

La foy que l'on a en Dieu est bien plus certaine, que n'est nostre sentiment.

Les sentimens moyenneurs sont trompeurs, ennemis de l'homme, instrumens du Diable & propres pour mettre vne ame au desespoir.

L'esperance est le viaticque de la vie humaine.

La cõfience qu'on a en l'homme est semblable à l'eau de ces puis, d'ou on tire l'eau auec l'ayde de quelque asne ou cheual, pour ce que ceste eaue n'est pas tant pesante à venir en haut dans les muids : cõme cette confience est pesante & tardiue a venir, par les moyẽs humains à satisfaire, a l'intention de celuy qui espere.

Le fruict de l'esperance en Dieu abbaisse autant, que le cœur s'esleue par le moyen d'icelle. Le cœur est le vaisseau qui contient l'ame, & le cœur monte autant que l'humilité humaine s'abbaisse. Vrayes aisles pour monter & voller mesme par dessus les Cieux.

Mais la confience & esperance qu'on a en Dieu est comme l'eau du Ciel : pour ce que le remede vient plus doucement de Dieu, que l'eau du Ciel ne tombe des nuës.

APHORISMES DES
lettres Latines.

C'EST vne grand gloire à vne personne d'estre estimé & celebré des absens & incogneus.

Miserable est le siecle auquel on n'a pas la hardiesse faire sortir de la poitrine ce qui est dans le cœur.

La conformité des ames est semblable aux violons qui sont accordez, pource que quand on commence à toucher l'vn, aussi tost l'autre sonne : d'autant que le coup de l'vn frappe incontinent à l'oreille & au cœur de l'autre amy.

Quand les Rois ont soing des choses qui sont au dehors c'est vne partie du salut public : comme l'air qui enuironne le corps est partie du salut corporel.

Penser au jour qui doit aduenir c'est comme vne partie du contentement du iour d'aujourd'huy, & la seureté de celuy qui est le lendemain.

Craindre ce qui peut succeder est vne consideration importante pour la seureté de l'Estat.

Celuy qui ne parle pas auec liberté; soit qu'il soit, estranger ou non, il n'est pas discret, ou il n'est pas fidele.

Le monde est rond, figure inconstãte, tel est tout ce qui est en iceluy.

L'enuie est vne beste insatiable, & comme telle elle ronge les os, quand elle ne trouue pas autre chose à deuorer.

Tristesse & melancholie noms propres de l'estranger.

Les besers ont la proprieté de la monnoye pource que vn beser souuent en vault beaucoup, & beaucoup quelque fois n'en valent pas vn.

Les beaux besers sont ennemis de l'ame & les laids le sont du corps, cecy n'est pas de la plume, mais il semble plustost estre de la chair. Cet aphorisme peut semblablement seruir de conseil à l'ame.

Les cours des Princes sont les sepulchres des viuans.

Les Princes sont subiects à la fortune, comme à la nature & à la mort.

Les trauaux sont freres de l'enfantement des hommes, ils naissent & meurent auec iceux: & ne sont iamais plus grands que les forces humaines.

Mais bien les obligations des biens faicts reçeus: A vn qui est recognoissant l'obligation est comme les douleurs d'vne femme qui accouche, d'autant que le bienfaict engendre la recognoissance.

Les meilleurs espies & tesmoings sont les lettres surprises, mais nō celles qui sont iettees secrettement en quelque lieu tout a propos & desquelles on ne sçait de qui ou à qui on les enuoye.

L'estranger doit fidelité au Prince, qui le reçoit & le prend en la sauuegarde de son Royaume, comme à son Seigneur naturel.

Le Seigneur naturel ne se peut offencer de l'estranger en aucune chose sinon en ce que la Loy naturelle l'offence.

Le bien d'vn Royaume, & le bon traittement des subiects despend de la felicité des Royaumes voisins.

Les Roys sont en grand estime & honneur tant vers leurs subiects que vers les estrangers, soyent amys soyent ennemis, quand ils ont des Conseillers

tres-

tres-prudens. Ils seruent de respect comme la bonne garnison en vne forteresse, la plume a adiousté cecy.

Mieux se peut (disoit vn grand Conseiller) souffrir la corne de la femme, que celle de l'entendement.

Es contentions de l'amour il y a plus grand victoire & gloire à celuy qui se rend, qu'à celuy qui est vainqueur.

C'est vn heur au Roy d'auoir des Cōseillers prudens & fideles.

La fidelité sans prudēce est de bien peu de proffit.

La prudence sans fidelité est comme vne flesche enuenimee. Si on peut nommer prudence, celle qui n'est point vertu, finesse plustost.

Il y a des hommes (& tels sont ordinairement ceux qui sont les plus excellents), qui estans perdus sont lors plus estimez, que quand on les possede.

On doit temperer l'ignorance des vns auec la prudence : & la malice des autres auec la patience.

L'entretenement & passetemps de la fortune est de rendre les Princes serfs & esclaues.

La nature est la vraye maistresse des choses d'Estat.

Le retrancher & esbrancher les arbres enseigne aux Princes à chasser loing de soy les officiers qui leur sont dommageables.

En l'enter & inserer en l'arbre, il est enseigné qu'il doit appeller à son seruice de bons Conseillers, soyēt naturels du pays, ou estrangers, quād ils seront tels : a l'imitation de Dieu, qui ne faict difference aucune des nations.

En ce que l'on couppe les herbes à celle fin qu'elles croissent: que les Roys se conseruent & croissent auec la liberalité.

En cognoistre les racines des plantes, est, que c'est vne chose qui grandement importe, que de sçauoir le naturel & le secret des autres Princes & peuples.

En la cognoissance des saisons des temps & du cours d'iceux, qu'il doit cognoistre les occasions, & vser d'icelles en temps opportun.

En semer pour receuillir, trauailler, estendre la main à la charrue, que personne ne reçoit du fruit sans semer. Et ce ietter la semēce de laboureur, c'est vn cōseil pour les Princes, que biē qu'ils dōnēt auec quelque fin & intention, qu'ils doiuent donner neantmoins comme iettant, & comme sans auoir aucun but: car donner sans aucun subiect est signe de liberalité. I'adiouste quelque chose & toutesfois il est de l'autheur.

L'amy estant au costé de l'amy, il faict le mesme que l'ombre és peintures.

Il y a toutesfois des amis qui sont tres-dāgereux, & n'ont pas autre chose que de l'ombre en la necessité & quand on en a besoing: Peut estre qu'à cette occasion la langue Latine les appelle ombres.

Les fauorits du Prince courent grand danger en cecy.

La langue Espagnole appelle les fauorits *Priuados* ou priuez & ce, peut estre, pour ce qu'estans fauorits ils se trouuent priuez de la seureté naturelle.

La faueur des Princes est trompeuse, caducque, mortelle, ombre de mort & la mesme mort.

Ce sont de grans gages que des lettres escrites

auec quelque paſſion.

L'amoureux & l'amy qui ſe plaint, ſe reſiouit d'eſtre vaincu en la contention d'amour.

Ceux qui ſont ordinairement proches de la perſonne des Princes ont touſiours quelque plus particuliere cognoiſſance du naturel d'iceux.

La force des vieillards eſtant tombee & froide, l'eſprit ne laiſſe d'eſtre entier & plus ardant,

Choſe ſalutaire de ne ſçauoir pas touſiours l'origine des accidens.

La pierre de touche pour cognoiſtre la valleur d'vn chacun eſt la perſecutiõ de l'enuie, l'vn ou l'auſurmõte touſiours en tout extremité. Qui a dit l'vn, dict l'autre.

La faueur des Princes eſt vn ſonge, vne freſcheur de l'eſté, vne bouraſque de mer, vn eſtat de la lune.

Ces trois definitions ne ſont miennes ny de l'auteur mais de Hector Pinto.

L'amour & l'obligation ſouffrent leurs banquerouttes comme les marchans trop endebtez.

L'abſence des Rois hors de leurs Royaumes ſont occaſion de changemens & nouueautez.

On doit vaincre l'ire du Roy par la fuitte, & la temperer par les pleurs, s'il a quelque choſe de l'homme, ſi non appeller Dieu à ſon ſecours.

Les affligez ſont comme des fantoſmes en leurs conuerſations, d'autant que à quatre pas de raiſons qu'il s'efforcent de dire, pour gratiffier à leurs amis, ils reſuent & tombent en la ſepulture de la triſteſſe.

Les fauorits & mignõs de la fortune les plus ſeurs doiuent meſler au milieu de leurs banquets la memoire de ce qu'elle eſt. Pource qu'elle aſſaille ceux qui ne s'en donnẽt garde,& ceux que plus elle embraſſe elle les eſtraint & eſtouffe : dautant que ces embraſſemens ſont les embraſſemẽs d'vn ours trõpeur & fier.

Tous ceux qui approchent des Roys ſont ſoubçonneux.

La vraye pitié eſt de chercher les neceſſiteux. Il n'y a que les pauures qui le facent: car ce que le pauure ouure la main, ce n'eſt pas qu'il demãde, pluſtoſt qu'il veut donner. Prenez (dit il) l'occaſion qui s'offre pour vous faire meriter. Celuy qui pour donner attend qu'on le prie a ja vendu ſa liberté.

La fortune eſgale les hommes quant aux biens exterieurs & non pas és naturels, leſquels ne ſont pas de ſa ſeigneurie. I'adiouſte quelque choſe.

Les lettres des amis recreent l'eſprit comme faict leur portraict la veue.

I'appelle vn autre portraict de l'homme, ſes lettres familieres.

Les charges & offices ne ſont pas autre choſe ſinon des habits & parures de la perſonne, ſoit qu'ils ſoyent ioyaux precieux : car ils ſont tels pour quelques vns: mais ils ſe depoſent plus facilement qu'ils ne ſe veſtent, & en ce ils tiennent la proprieté des habits.

Que les fauorits ſe gardent d'aymer la faueur & degré & non la perſonne. Si ce qui aduient chacun iour ne leur peut ſeruir de preuue.

C'eſt vn grand ſigne d'amitié quand l'amy eſtant abſent ou endurant, les amis ne laiſſent pour cela à ſe ioindre entre eux pour ſe plaindre, & conſulter du remede qu'on pourra trouuer pour ſecourir ſon amy.

Les estrangers sont plus fideles amis à vn grand fauorit que les naturels, ainsi comme aux Dames pour guarder quelque secret.

C'est vne opinion que l'heur & malheur des humains.

Ie veux dire, ce que l'on nomme vulgairement fortune.

L'amour des Roys consiste en la foy, plus qu'en science.

Les Roys se soucient peu des personnes absentes & inutiles.

Celuy qui ayme, cherche les occasions pour auoir quelque communicatiõ auec l'amy : les amoureux pourront mettre au lieu d'amy, l'amie.

Les choses humaines sont vents & tourbillons.

Les griefs faicts par les iuges inferieurs ont de coustume estre plus grãs que ceux des souuerains: peut estre que pour monstrer qu'ils peuuent, ils se monstrent ainsi insolens.

Que le mouuement du cœur se sent plustost au costé senestre qu'au droit luy ayant son siege au milieu de la poictrine : est peut estre à ce que (cõme il est la fontaine de l'amour) les amis apprennent par ce, qu'ils se doiuent plus mõstrer amis és affaires sinistres & facheuses.

France & Espagne sont les deux bassins des balances de l'Europe & Angleterre la languette du milieu.

Les amis de ce siecle portent face humaine, mais cœurs de bestes sauuages.

La beauté des esprits croist auec l'aage, ainsi que la corporelle se diminue auec le mesme.

L'amour des esprits est plus de duree, que celuy du corps.

Les Princes ne se doiuent communicquer à vn seul fauorit, à la similitude des Eglises, qui n'ont pas vne, seule mais plustost beaucoup d'entrees: A Dieu mesme qui a diuers intercesseurs, qui est vne des grandeurs de la diuinité.

Les Princes qui ne suyuent point ce chemin se font les esclaues & vassaux des autres Roys.

Les subiects ayment les Roys qui ne sont subiets à personne: ainsi comme les femmes mariees aymét les maris qui sont hommes c'est à dire vertueux.

L'homme est vn arbre réuersé aux yeux humains: non pas tel, mais droit à la verité, s'il a sa racine (son sprit dy-ie) enraciné en son lieu naturel d'où il prēd son origine, qui est le ciel.

Esprouuer premierement les armes que l'accord (car ainsi le disoit vn poete commicque) doit estre le conseil des capitaines generaux, non pas des Rois: Pourceque c'est honneur aux Rois, comme à seigneurs souuerains, de chercher premierement tous les moyens qui sont les plus doux, deuant que venir à la main forte comme aux Capitaines generaux le contraire. Pource qu'on ne repute pas lascheté au plus fort de ceder à celuy qui est moindre: mais plustost honneur: car s'il ne surmonte celuy qui luy est inferieur cela luy torne à honte & s'il-le satisfaict & contente, cela luy torne à gloire.

L'enuie est ennemye de la valeur, la ruyne des Princes, & la perte des Royaumes.

L'honneur est l'ame de cette vie.

Les cours des Princes & leurs faueurs sont labyrinthes.

On escrit qu'il y en auoit quatre és quatre parties du monde: peut estre à ce que cet aduertissement de tant de dangers veint à la cognoissance de tous.

Celuy qui sera sorty vne fois d'iceux : se garde d'y retourner: pource que ce n'est point pour se mocquer que d'y aller deux fois.

L'enuie ne peut sçauoir que c'est qu'aymer ny biẽ entendre la nature de l'amour: pource que la priuation est tousiours plus forte, que n'est l'habitude: & de l'habitude à la priuation n'y a point de retour.

L'amour resiste à tout, l'enuie est coüarde, si on luy monstre les dens.

L'amour est semblable à la palme resistant au poix qui luy resiste: peut estre qu'à cette occasion elle est nommee Phenix: pource que l'amour, qui est le Phenix de toutes les vertus, imite plus qu'elles toutes, le naturel de la Palme.

L'amour & la pitié descend à nous du ciel.

La haine & l'enuie monte à nous de l'enfer.

Le bien oyr, ie veux dire la bonne opinion consiste au propre sens ou opinions de ses propres œuures, non pas és langues: pource que la langue estãt vn instrument qui sert au goust, elle ne se gouuerne que par le goust, non pas par la raison.

C'est vne ruyne des grans & des petits, que la dissentiõ des subiets, ja-soit que quelques Roys ayent en opinion le contraire. Ils se trompent la plume les en asseure.

La memoire est vn tres vray miroir pour cognoistre & corriger ses propres deffaillances.

La fiéure quarte du lion, sont proprement les

coups de la fortune, contre les plus puissans pour temperer leurs abus du pouuoir souuerain.

Le soing propre, plus fidele que les amis de ce siecle.

L'amour entier desire entieremẽt ce qu'il ayme, & ne se contente de l'vne ou de l'autre partie, ce qui est tout leur semble seulement tout, & de là les jalouzies.

Le Roy & le Royaume est vn vray mariage, le Roy est le mari & le Royaume est la femme.

Le Royaume viel est celuy qui n'a point vn Roy valeureux.

Le Royaume non marié, celuy qui ne sçait qui doit estre successeur à son Roy.

Que les Rois se gardent de faire que leurs Royaumes soyent les esclaues des femmes, & encores plus qu'ils ne soyent esclaues des officiers, de peur que pour la trop grande seruitude, ils n'entreprennent & ne s'esleuent contre le chef.

Qu'ils imitent Dieu qui est plusieurs (car il est trine) à faire des bien-faicts: & neãtmoins bien qu'il aye trois personnes il veut est seruy sous l'vnité d'vn Dieu. Il il veoit bien que ce deuoit estre chose trop facheuse & trop dure à la nature humaine que de seruir à plusieurs. De mesme faut il que les Roys entendent, que c'est vne chose tres-facheuse, & autant aigre aux subiects, d'estre commandez de plus de personnes que de luy: d'auoir (dy-ie) plus de Rois, & commandeurs qu'vn seul. Mais toute cette lettre, qui est en nombre la septante & sixiesme est toute pleine d'Aphorismes.

Le cœur humain est vn terrible siege de justice entre

tre les amis, qui n'endure & ne faict aucune exceptiondes personnes ny de l'estat.

Pour tant les Princes doiuent bien regarder comment ils traittẽt de l'amitié auec leur inferieurs: car ils seront appellez deuant ce siege pour rendre raison, & en iugement.

La Penitence est vne medecine de beaucoup plus grande excellence que les autres.

La curiosité humaine a son palais, c'est à dire son goust particulier.

Les seruiteurs des gousteux sont pour la plus part diligens.

Il ya des sepulchres qui retiennent des corps vifs & rejettent ceux qui sont morts.

Les Rois se nommẽt puissans, pour ce qu'ils peuuent guerir les corps & les esprits malades, & nõ pas pource qu'ils ayent puissance de les ruyner.

L'amitié est vne douce seigneurie, de mesme est elle vne douce seruitude.

La mort est vn chemin pour paruenir à la vie.

La vie est la nauigation & la mort le port, & jasoit qu'il soit commun à tous il ne laisse d'estre bon: car le pain l'est, lequel nous mangeõs tous les iours: & cette cy est vne viande, qui nous est plus necessaire que le pain n'est à la bouche.

Les seruiteurs les plus familiers sont ordinairement trop hardis & dangereux.

La sueur de l'esprit s'essuye coustumieremẽt auec plus de diuers linges que non pas la sueur du corps.

Vne bonne medecine de l'esprit, est, la communication qu'on a auec vn amy.

La sepulture de l'ame c'est vn corps triste.

Il n'y a presque chose plus legere qu'vn papier blanc qui est playé, ny plus pesante que le mesme quand il est plein de douleur & d'afflictions.

Vn cousteau aygu ne penetre pas tant le cœur, le soleil mesme ne penetre pas dauantage, que l'oeuil d'vn amy.

C'est vn grand abus, quand quelqu'vn s'afflige en ce où il n'y a point de remede.

Plusieurs trauaux qui n'ont point trouué de remede aux moyens humains, l'ont receu par quelque accident qu'ils n'auoient ny pensé ny esperé.

La confience est la derniere marque & demonstration d'amour. Ie tire ainsi cette Aphorisme de la lettre nonante & troisiesme & celuy qui la lira pourra veoir le lieu dont je la tire. Car elle peut estre receuë pour vne lettre, & non pas pour Aphorisme, si elle n'est prise comme elle est icy mise.

Plusieurs fois l'ouye à faict plus de dommage que la langue.

Il est plus d'importance aux courtisans pour conseruer les amis & se garder de faire des ennemis de fermer les aureilles aux langues des maldisans. Le Prince Ruygomez l'assure ainsi par experience.

Vn cœur grandement remply de tout contentement a de coustume de ne pouuoir communicquer ce contentement, ny à la langue ny à la plume.

La confiẽce est vne fille tres naturelle de l'amour & de la foy.

Le iugemẽt du public a auctorité sur les plus grãs comme sur les plus petits.

L'odeur est la figure de l'amour.

L'encens s'offre aux Eglises pour signe d'action de grace & de recognoissance & encor de la deuotion des cœurs, & afin que les hommes cognoissent que tout ce qu'ils offrent à Dieu, ne peut pas estre autre chose, ny de plus grand prix que fumee.

Semblablement à ce qu'ils s'encouragent esperant que cette fumee sera receuë & trouuée agreable deuant sa face. Le cœur humble & affligé (dy-je) car la fumee sort du feu, & l'affliction de l'amour. En verité qu'escriuant cecy à la clairté de la chandelle, en estindant vne d'icelle la voulant moucher, je fis vne preuue naturelle, pour la verification de cet Aphorisme, que pour lors ie tirois: dautant qu'approchant l'esteincte pres de celle qui estoit allumee, par le moyen de la fumee de l'vne, la flamme de celle qui estoit viue vint à celle qui estoit morte: de sorte que ie fis ceste preuue à l'œuil: sçauoir est, que si la fumee du cœur mõte vers Dieu, sa lumiere s'abbaisse par cette fumee & illumine le cœur le plus obscur. Cela soit esprouué par celuy qui ne le croira; car mõ entendement n'est pas tãt esleué, qu'il puisse s'imaginer telle chose, si l'experience se presentant ne me l'eust enseigné. Cecy n'est pas pour les Theogiẽs & predicateurs qui se riront de moy, mais pour les seculiers cõme moy qui n'ont pas encor acheué d'apprendre leur, a, b, c.

La vie & salut humain est beaucoup moindre que la fumee. C'est cendre. D'autant qu'en fin la fumee s'esleue en haut, qui est comme vn segnal de vie: la cendre (car c'est proprement ce que nous sõmes) non. C'est vne parole de Dieu.

L'eloquence du cœur surmõte celle des paroles.

C'est vne douce force que celle des amis, profitable quelquefois & quelquefois dommageable.

Les paroles sont les vestemens des conceptions.

Il est necessaire aux estrãgers de sçauoir plusieurs langues, comme plusieurs fois de n'auoir point de langue, comme encor ny plume. La plume dit cecy.

Ceux qui nous portent affection, iceux nous estans incogneus, sont plus seurs amis que ceux qui nous sont cogneus, lesquels seroit plus seur de n'auoir iamais de nous este cogneus.

Celuyqui reprend s'il est amy, il imite le chien en la langue & non en la dent.

Aphorismes d'vne lettre mise apres les Aphorismes Espagnols.

Les pleintes grandes & principalement pour causes grandes se peuuent donner à tous.

Les vrais amis sont vne forte guarde & leur memoire apporte vne grande consolation.

Les discours d'estat sont des viandes pour les grãs estomachs.

La priuauté & faueur est muable comme les bancs qui sont en la mer de Flandres.

Zizanies, tromperies & fraudes sont les langages naturels des cours,

Les cours son les faux bourgs d'ẽfer. Dautant que le ciel n'est pas beaucoup peuplé des habitans de cette terre ou l'ennie a la seigneurie.

Les persecutiõs c'est la fournaise ou le creuset où on espreuue la valeur ou qualité des hommes.

Le remede des fautes des amoureux est de se plaindre ensemble.

Les cours sont les vedettes des Nauires qui seruent pour descouurir les actions d'autruy.

Les menees & entreprises humaines sont les vens par le moyen desquels on nauige iusques aux fins de l'ambition.

Le dernier chastiment du ciel pour punir des fautes, c'est de permettre qu'on tõbe en autres fautes.

Ce qui est contraire aux regles de la nature ne se peut pas reduire à la raison humaine.

Le cuir qu'Homere dit auoir esté plain des vents enfermez, lequel fut donné par Eole à Vlysses, est l'accord & submission des subiects qu'vn Roy laisse a l'heritier de son royaume. Il me semble que l'Autheur en ce lieu veut dire cela : & toutesfois il doit entendre & parler du bon accord & de la iuste submission selon son naturel & le naturel de son langage. Ce qui est fort esloigné des principes ou axiomes de Machiauelle : Pource que bien que en la deffinition que l'autheur donne de l'estat, il le dise estre vne conuenance propre, il tient toutesfois que la conuenance propre est de ne charger pas trop sa beste, affin qu'elle ne soit cõtrainte de donner du nez en terre, faisant quant & quant trebucher celuy qui est monté dessus.

Les plus grans ennemis s'accordent ordinairemẽt pour le bien commun.

La conseruatiõ des Rois & Royaumes est cõme celle des corps humains : pour ce que les humeurs biẽ lesquelles humeurs encore qu'elles ne fussẽt pas bonnes, plustost en quelque chose corrompus, toutesfoys pource qu'ils sont contraires les vns aux autres, ils tiennent le corps en bon estat & concorde, que s'il n'y a qu'vne seule humeur qui domine sur toutes les autres le corps ne peut pas viure ny subsister vn long temps : cõme s'il estoit colericque cette humeur le brusleroit aussi tost du tour.

L'experience perfectionne les regles d'vn chacun art.

Il me semble que c'est vn Aphorisme que cette vigne & ces vignerõs, & ces menotes, chaisnes ou liens de pieds d'or: cõme aussi l'or des Alquemistes. L'autheur le declare. Toutesfois que ce soyent Aphorismes si bon il semble.

Quand vn amy a failly à vn autre il doit tascher a auoir des gages ou asseurances, qu'il n'enprendra aucune vengeance.

Celuy, qui les aura s'en accommodera comme bõ luy semblera. Cõme il peut aduenir que celuy qui les aura donnez, s'en pourra bien repentir Estat veritablemẽt miserable que celuy du repentir és choses temporelles, voire autant, qu'il est excellent en celles qui sont de l'ame.

Le cœur de l'homme c'est la langue de l'oreille de Dieu Me soit pardonné si i'ay adiousté cecy pour Aphorismes estant tiré de ma lettre. C'est pour ce que ie l'ay souuent ouy dire à l'autheur: ie l'adiouste cõme presque dernier.

Le dernier de tous les Aphorismes est, Qu'il faut bailler son cœur à Dieu & non aux Princes, ny aux enfans des hommes, esquels il n'y a point de salut.

FIN DES APHORISMES OV SENTENCES DOREES.

www.ingramcontent.com/pod-product-compliance
Ingram Content Group UK Ltd.
Pitfield, Milton Keynes, MK11 3LW, UK
UKHW020218200726
13856UKWH00004B/1467